¡Compórtate, Pablo Picasso!

JONAH WINTER

ILUSTRACIONES DE KEVIN HAWKES

SCHOLASTIC INC.
NEW YORK TORONTO LONDON AUCKLAND
SYDNEY MEXICO CITY NEW DELHI HONG KONG

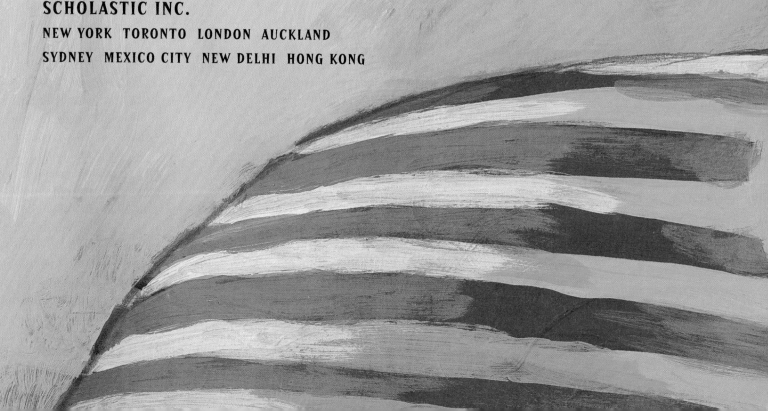

UN DÍA, el mundo es un hermoso y apacible paisaje...

4

Al día siguiente —*¡PUM!*—, Pablo atraviesa el lienzo, pincel en mano, listo para pintar algo totalmente nuevo.

Para Pablo, pintar es tan fácil como comer, ¡y mucho más **DIVERTIDO!**

En las clases de pintura, lo rodean estudiantes que le doblan la edad. En el tiempo que a ellos les toma hacer un boceto, Pablo termina una pintura al óleo.

Antes de que la gente termine de admirar la exquisitez de su arte,
el joven Pablo ha adoptado un nuevo estilo de pintar...

o se ha mudado a otro país. Hoy, vive en España y lleva una capa de torero.

14

Mañana, vive en París y lleva una boina, *oh là là!*

Siempre en movimiento, siempre cambiando.
Hoy pinta cuadros con tonalidades azules
porque se siente triste.

No tiene dinero.

Pero mañana, Pablo pinta cuadros con tonalidades rosadas porque se siente de ese color.

El dueño de la galería dice:

c'est magnifique!

—¡Pinta 200 cuadros más COMO ESTE!

Pablo le hace caso y la gente lo adora. De pronto, se ha convertido en un pintor muy famoso: **PABLO PICASSO.** Picasso esto, Picasso aquello...

Picasso, Picasso, ¡Picasso!

Un día se está muriendo de hambre y, al día siguiente, es rico y famoso. Es una maravilla, pero...

Pablo se aburre de pintar cuadros rosados. Quiere pintar algo nuevo y diferente. Perdido en una nube de su propia imaginación, Pablo sale a caminar.

Como en un sueño, flota a través de París hasta que llega a una exposición de arte donde se exhiben máscaras africanas. Abre los ojos. Ve algo totalmente nuevo para él.

Estas máscaras... no parecen rostros de verdad. Pero parecen tener algún poder mágico y maravilloso que la pintura realista no tiene.

A Pablo se le ocurre una idea. Vuelve a su estudio y comienza a pintar un nuevo cuadro, muy diferente a todos los que ha pintado hasta ese momento.

Pinta y pinta sin parar. No deja que la gente vea lo que está pintando. ¡Deberán esperar hasta que haya terminado! Casi no puede hablar de la emoción...

Finalmente, llega el día. La pintura es develada. No se parece a ninguna otra pintura en el mundo: las caras y los cuerpos no parecen reales. Parecen máscaras africanas.

¡ible!

¿Feo? ¿Horrible? Esas palabras hieren los sentimientos de Pablo. Está tan orgulloso de su nueva pintura que no puede creer que la gente diga cosas tan feas. Pablo está muy molesto. Todos quieren que siga pintando como antes una y otra vez. ¿Pues saben qué? Él no quiere, no tiene por qué seguir pintando así y no va a seguir pintando así. **¡AJÁ!**

De nuevo en su estudio, comienza a trabajar en algo aun más extravagante que su última pintura.

—¿Por qué no puedes seguir pintando cuadros hermosos? —pregunta su esposa—. ¿Por qué no puedes seguir pintando cuadros que tengan sentido?

—El mundo no tiene sentido —dice Pablo—. ¿Por qué tengo que pintar cuadros que lo tengan?

Y es cierto, el mundo alrededor de Pablo no tiene mucho sentido. Todo cambia constantemente. Cosas nuevas son inventadas a cada momento: autos, aviones, teléfonos, bombas.

—Pero Pablo —le dice un amigo pintor—, tu nuevo cuadro no parece real.

—Cualquier cosa que puedas imaginar es real —contesta Pablo.

Y es cierto, las imágenes y figuras que ves cuando cierras tus ojos son parte de ti mismo y son tan reales como las cosas que ves con los ojos abiertos.

—Deberías volver a pintar como antes —dice un coro
de vendedores de arte—. Ahí es donde está el dinero.
Picasso se para desafiante en el techo de su casa y grita:
—¡Copiarse a uno mismo es patético!

—¿Por qué haces esto? —grita otro coro de familiares y amigos que sabe que Picasso está trabajando en un proyecto más descabellado que el anterior—. ¡No tiene sentido!

Picasso se yergue a una altura de treinta metros y grita:

¡El peor enemigo de la creatividad es el sentido común!

De pronto, todos en París abren las ventanas y gritan a la vez:

¡Compórtate, Pablo Picasso!

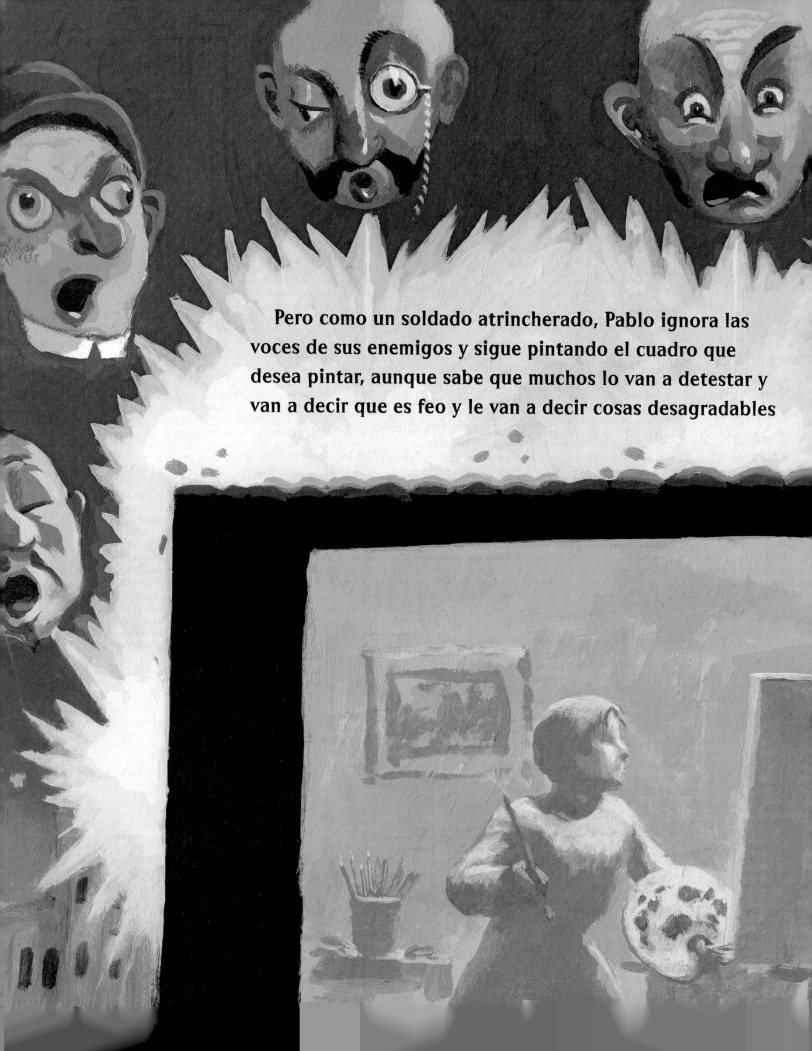

Pero como un soldado atrincherado, Pablo ignora las voces de sus enemigos y sigue pintando el cuadro que desea pintar, aunque sabe que muchos lo van a detestar y van a decir que es feo y le van a decir cosas desagradables

a él, más desagradables que las que ya le han dicho. Pero cuando el cuadro está terminado, es tan diferente, tan fresco, tan abstracto y moderno... que por unos pocos minutos, ¡nadie sabe qué decir!

Más tarde, muchos dirán que Pablo Picasso es el gran pintor moderno. Dirán que es una fuerza de la naturaleza, que es valiente y que es el pintor más original de su tiempo. Y lo siguen diciendo hasta el día de hoy.

Pablo Picasso

Pablo Picasso es quizás el artista más famoso del siglo xx. Nació en España el 25 de octubre de 1881, pero se mudó a Francia siendo un joven, y allí vivió y trabajó hasta que murió, el 8 de abril de 1973. A lo largo de su vida, que duró 91 años, Picasso pasó por varios estilos artísticos y produjo miles y miles de pinturas, dibujos, grabados y esculturas. Este libro trata sobre una de las primeras épocas de su vida, antes de que cumpliera 30 años, cuando creó un nuevo estilo de pintar llamado "cubismo", en el que las cosas se mostraban como si pudieran ser observadas desde distintos puntos de vista, utilizando pinceladas que parecían formar cubos. Como estilo pictórico, el cubismo fue el paso más importante en la transición del realismo a la pintura abstracta en el arte europeo. Algunas pinturas cubistas son tan abstractas que es difícil ver si hay una cosa o una persona pintada en el lienzo.

Pero hay que ser justos: Picasso desarrolló este nuevo estilo con ayuda de su amigo Georges Braque, que también fue un gran pintor y es considerado hoy en día como el cocreador del cubismo. Los dos trabajaron como colegas durante años y se influenciaron mutuamente. Aun así, fue Picasso quien pintó la primera pintura que ayudó a desarrollar el cubismo. Se llama *Las señoritas de Avignon*, y es la obra que la gente en esta historia considera "fea" y "horrible". La obra al final del libro, *Muchacha con mandolina*, no es oficialmente la primera pintura cubista, pero sí es una de las más importantes y un ejemplo perfecto de este nuevo estilo.

De Picasso no solo es fascinante que haya creado un nuevo estilo pictórico, a pesar de todas las críticas, y de que nos haya mostrado una nueva manera de ver el mundo —un esfuerzo que tomó mucha valentía y talento y que es el tema de este libro—, sino que siguió creando nuevos estilos y nuevas maneras de mirar las cosas hasta el final de sus días. Una de sus más famosas obras, *Guernica*, la pintó cuando tenía 55 años. Y siendo un hombre muy viejo siguió teniendo la energía, el entusiasmo y la curiosidad de un niño. Ya sea que admires o destestes sus pinturas (él es admirado y detestado por muchos), es imposible ignorar a Pablo Picasso o lo que hizo por y para el arte.

Las pinturas que aparecen en este libro

Originally published in English as *Just Behave, Pablo Picasso!*
by Arthur A. Levine Books, an imprint of Scholastic Inc.

Translated by Madelca Domínguez

Text copyright © 2012 by Jonah Winter

Illustrations copyright © 2012 by Kevin Hawkes

Translation copyright © 2012 by Scholastic Inc.

All rights reserved. Published by Scholastic Inc.

SCHOLASTIC, SCHOLASTIC EN ESPAÑOL, and associated logos are trademarks and/ or registered trademarks of Scholastic Inc. • No part of this publication may be reproduced, stored in a retrieval system, or transmitted in any form or by any means, electronic, mechanical, photocopying, recording, or otherwise, without written permission of the publisher. • For information regarding permission, write to Scholastic Inc., Attention: Permissions Department, 557 Broadway, New York, NY 10012.

ISBN 978-0-545-13294-7

12 11 10 9 8 7 6 5 4 3 2 1   12 13 14 15 16 17/0

First Spanish printing, January 2012

Printed in the U.S.A.   40

The art for this book was created using open acrylics and sepia pencil on paper.

Book design by David Saylor

LECTURAS COMPLEMENTARIAS:

Beardsley, John. *Pablo Picasso*. Nueva York: Harry N. Abrams, 1991.

Jacobson, Rick. *Picasso: Soul on Fire*. Plattsburgh, NY: Tundra Books, 2004.

Mühlberger, Richard. *What Makes a Picasso a Picasso?* Nueva York: Viking, 1994.

A SOFIA CORPORAN Y SUS ESTUDIANTES
(PASADOS, PRESENTES Y FUTUROS) —JW

A SPENCER Y SAM —KH